생일선물

생일선물

양윤덕 작사 모음집 | 수노 AI 작곡·노래

A Birthday Present

좋은땅

작가의 말

이 노래 가사들은 수노SUNO AI가 작곡하고 노래 부른 작품들로, '@양윤덕' 유튜브 채널에 이미 공개된 것들을 모아서 엮은 작사 모음집입니다.

많이 부족하지만 내 삶의 한 부분들이고 노래를 들으며 행복했기에 애정을 느껴 많은 분들과 함께 노래를 공유하고 싶었습니다.

그동안 @양윤덕 유튜브 채널을 구독하고 '좋아요!'도 눌러 주며 애청해 주신 여러분께 감사한 마음을 전합니다.

특히 뒤표지 글을 써 주신 담양인신문사 김관석 국장님, 박영한 가수님, 송영란 ChatGPT 강사님, 좋은땅 출판사 편집진 여러분께도 감사드립니다.

2024년 겨울에
천안 행복헌에서

차례

1부
거울 속 여왕

2부

토끼풀 꽃 송song

3부

구름과 춤

4부

디카시

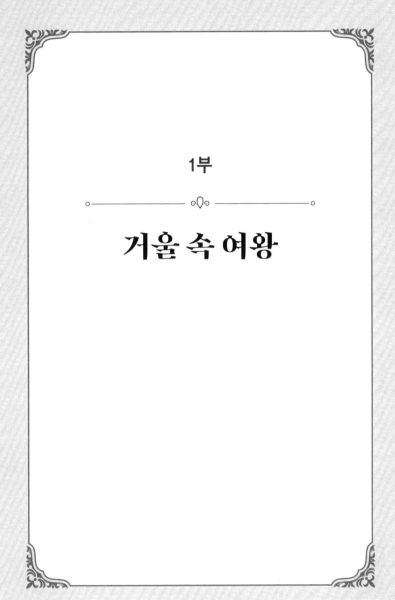

1부

거울 속 여왕

거울 속 여왕

나는 거울 속 여왕이야
우리 집 거울 덕분에
여왕이 된 기분이지

우리 집 거울 앞에 서면
장미꽃 여왕보다
내가 더 예뻐 보이지

거울을 보며
자꾸만 행복한 웃음이 나와
자신감 빵빵
어깨도 으쓱으쓱

나는 우리 집 거울만 믿어
밖에 있는 거울들은
진심을 감추고 있는 것처럼
가짜인 것 같아

내 마음의 진리를 나는 믿어

그리움의 계절

2024년 10월 30일 오후 9:21

울긋불긋 단풍 물들 때면
내 마음에도 그대가 스며
단풍 드네

가슴에 잎새처럼 맺혀 있던
지난 계절에
숨결과 숨결로 싹틔운
그대와 나의 정다운 이야기들

붉은 단풍잎 같고
은행나무 노란 잎새 같아

가을은
그리움이 곱게 물드는
제철이지

생일선물

만약에

2024년 11월 28일 오후 11:46

만약에 내가 시내라면
내 안에 그대를
쪽배로 띄우고 가리

그대, 내 안에서 행복의 휘파람
불어라, 불어라
사랑의 기운을 담아
나는 물결처럼 춤추리라

나는 그대를 위해
시내가 되고
그대는 나를 위해
쪽배가 되어 가는 생

밤마다 그대는
내 안에서 잠들고
나는 그대를 품으리라
꿈속에서도

개나리꽃 핀 계절에

2024년 9월 30일 오전 11:59

개나리꽃이 활짝 피던 봄날,
우린 처음 만났지

서먹서먹한 대화 속,
개나리 노란 꽃길을 걸었지

그가 내 손을 잡아 줄 때,
가슴이 콩닥콩닥 거렸지

편안한 사이가 된 우리,
그는 나를 "내 사랑"이라고 부르지

"당신 참 예뻐!" 하며
따뜻한 눈빛으로 나를 안아 주지

주말이면 그와 함께 마시는 커피 향이
집 안에 은은하게 퍼지고,

함께하는 시간이 쌓일수록
그가 더 소중해져

생일선물

그가 봄볕이라면
나는 봄꽃나무지

한때는 나에 대한 애정이 식었다며
투덜거릴 때도 있었지만,

그때마다 당신 향한 내 사랑은 변함이 없다며
오해를 풀어 줘,
서로 바라보며 웃을 수 있었지

내가 시들해질 때면
그가 불어넣는 사랑의 입김으로
다시 피어나지

나는 믿음을 불신보다 더 사랑하지
거리의 꽃나무들처럼
그를 믿으며 따라가지,
어떤 어둠도 두렵지 않아

평생 임차인

2024년 12월 2일 오후 5:25

나는 임차인
나는 날마다 이동식 집
잠을 끌고
일상이라는 삶을 향해
여행을 떠나지

장소와 때를 가리지 않은 채
언제든지 그 꿈의 아늑함 속으로
들어가기 참 쉽지
아늑한 휴식이 되지

하루하루 간신히
숨 쉬기를 지불하고
빌린 잠
평생 임차인이지

일상의 여행 끝나는 날
돌려줘야 할 때를 위해

생일선물

지나치게 남발하지 말고
소중히 사용해야지

첫눈 내리는 날에

첫눈 내리는 날
눈을 보며 생각하네
하늘에서 내리는 눈송이가
눈 나무의 씨앗이라면

눈 내리는 날
내 화단에 내리는 눈을
그리운 마음 듬뿍듬뿍 밑거름 줘
싱싱하게 자랄 수 있도록 가꾸리

지상에 눈이 내리지 않는 날에
언제라도 흔들면
함박눈 같은 눈꽃 포근포근 내려

그리운 사람 손길처럼
내 머리 위에 소리 없이
살짝살짝 하얗게 쌓여
꼼짝없이 갇히고 싶네

온 세상 하얗게 그대 그리움으로

물들이고 싶네

우리 사이

연못이 해를 바라보듯
해가 연못을 바라보듯

내가 당신을
당신이 나를 바라보는 눈빛이
진심이었으면 좋겠네

의심의 눈빛 이글거리는 세상에서
우리 사이 주고, 받는 눈빛
당신을 믿는다는 화답이 있으면 좋겠네

연못이 해를 바라보듯
해가 연못을 바라보듯

생일 선물

당신이 생일 선물이라며
내 목에 걸어 준 진주 목걸이

당신의 사랑이 깃든 한 알 한 알이
하얀 빛깔로 내 목에서 빛나고 있어요

활짝, 웃으며 기뻐하는 나에게
너무나 값싼 선물이라서 미안해 말하는 당신

여보, 미안해 하지마세요
행복한 이 순간에
나는 당신 마음속으로 녹아들고 있어요

잊지 않고 챙겨 주는 것의 행복
시간이 지날수록 더 빛날
생일 선물

당신은 나의 선물

여보, 생일 축하해요
당신은 내 인생의 선물

내 곁에 있어 줘서 고마워요
매일매일 더 믿음직스럽고 사랑스런
나의 남편, 나의 사랑

여보, 생일 축하해요
늘 나와 함께해 주고
자상하게 챙겨 주는 당신 고마워요

당신은 나의 힘, 나의 지지자
언제나 내 곁에서 함께해 줘서 고마워요
당신의 건강을 빌어요

'여보'라는 첫말

여보!
당신이 나를 향해
수줍게 부르던 그 첫말이
내 가슴에 잔잔한 파문을 일으켰네

여보!
짧은 그 한마디가
사랑한다는
내 곁이라는
고백으로 다가 왔네

여보!
풋감처럼 설익은 그 첫말이
당신의 체온으로 하루하루 무르익어
따뜻한 단물처럼 내 가슴에 스며드네

당신 팔을 베고 누워

2024년 7월 22일 오후 12:55

한밤중에 잠에서 깨어
잠든 당신 얼굴을 보네

이마에 내린 굵은 주름살에
마음이 찡 하네
안쓰러워 가만히 손을 잡고 팔을 베고 눕네

이 사람 내 곁에 오랫동안 머물게 해 주세요
아프지 말고 오래도록 건강하게 살게 해 주세요
소원을 비네

아무 것도 모른 채 잠든 당신의 얼굴을 보며
눈물이 핑 도네

시간이 흘러도 변치 않는 사랑,
서로의 곁에서 함께할 수 있도록
하늘에 간절히 기도 하네
당신과 내가 영원히 함께하기를 비네

생일선물

약속은 사랑의 표현이죠!

2024년 9월 16일 오전 11:31

도로 곳곳에 그어 놓은 지켜야 할
약속의 선들처럼

결혼식장에서 혼인 서약서를 낭독했죠
결혼 생활 동안, 서로
믿음과 존중으로 함께하기로 다짐했죠

서로의 반쪽으로 살겠다고
맹세로 그었던 약속의 선들이죠

그 약속의 선을 잘 지켜 가요
사랑의 길을 큰 충돌 없이
함께 끝까지 잘 지켜 가요
서로를 위해 함께해요

가을비와 사랑의 노래

2024년 10월 18일 오후 8:25

가을비 조용조용 내리는 소리
누군가에게 들려주는
고백의 노래처럼 듣는 지금
그 사람, 노래를 부르네

여름의 햇살처럼 뜨거운 사랑
너와 나의 빈틈을 메워 주고,
겨울의 차가운 바람 속에서도
포근한 온기로 나를 감싸네

나를 유일하게 사랑하는 사람이라고
말해서 네가 좋고,

사랑한다고 말해 주는
단 한 사람이라고 해서 좋고

봄꽃처럼 행복하게 해 준다고 하기에 좋고

방황할 땐 포근한 집이 되어 준다고

생일선물

말해서 좋다며
빗소리처럼 잔잔하게 부르는 노래

그 고백의 노래 소리 꿈꾸듯 듣네
그 노래 멈추지 말아요

그 사람, 흔들지 말아요
행복한 마음으로 듣고 있어요

울적한 순간

마음이 울적한 지금
웃음을 잃고
어두운 생각 속으로 빠져들어

이 순간 밝게 웃는 당신 얼굴 떠올라
왜 그래, 사랑해
당신 목소리 들리는 듯해

생각만 해도 기분이 밝아져
그런데 참 이상해

우린 함께 있으면 티격태격 다투기도 잘 하지
그건 아마 나 좀 챙겨 줘!
서로의 바람 때문일 거야

이렇게 떨어져 있으면
당신이 생각나는데

전화를 할까,
아니야,
전화 올 때까지 기다릴 거야
마음만 갈팡질팡

당신 생각만으로도
기분이 좀 밝아져
입가에 웃음이 드리워져

오늘 밤이면 나를 향해 달려올 당신
활짝 웃으며
내 곁에 있을 사랑

언제나 사랑

2024년 7월 10일 오후 3:39

어느 날 당신이 나를 향해
다가오는 순간 첫눈에 반한 사랑

꿈꾸었던 사랑
수줍게 당신 팔짱 끼고 걷는 순간

가슴에서 노래가 흘러나왔네
사랑이야, 사랑이야 두근거림이었지

처음으로 내 안에서
사랑의 노래 흥얼흥얼 흘러나왔지

당신 몰래 꿈꿨지
당신과 함께라면

이 설렘 영원할 것 같았지
흘러나왔지, 흘러나왔지

생일선물

행복한 월급날

월급날이면
그이가 언제나 잊지 않는 말이 있었지

여보, 애들이랑 함께
짜장면 먹으러 갈까?

당신 옷도 살 겸,
잠깐 외출하고 돌아오자 구
곧 들어갈게, 준비하고 있어

얄팍한 월급봉투가
살뜰한 그의 마음으로
두둑해지는 날이었지

재벌도 부럽지 않은 날들이었지

생일선물

사랑의 접시꽃

2024년 8월 21일 오전 10:14

사랑하는 당신을 보고 있노라면
태풍처럼 성난 감정이 당신 앞에선
미풍처럼 순해지네

당신과 함께하는 이 시간이
멈췄으면 좋겠네

당신 등 뒤에서 울 때

이제 좀 잠깐 쉬고 싶다는 당신에게
매달 내야 하는 은행 융자는
어떻게 갚으려고 그러해요

지금 그만두면 안 되는 이유를 이것, 저것 말하고 나서
너무 했나, 하는 생각에 터져 나오는
눈물을 꾹꾹 삼켰지요

쉬고 싶다는 당신을 일터로 등 떠밀어 대는
못된 아내 같아
당신이 출근하고 없는 빈방에서 울었지요
내 무능함을 목 놓아 울었지요

무엇이 중요합니까, 무엇이 중요합니까,
허공을 탕탕 쳤지요

어디서 내 울음소리 듣고 날아왔을까,
까치 한 마리 나뭇가지에 앉아
까 악, 까 악 함께 울어 주네요

생일선물

엉, 엉, 엉, 까악, 까악 까악

새벽 일기

이른 새벽에 출근하는 그이를
배웅하고 나서 창가에 서네
동쪽 하늘이 핑크빛으로 물드네

혼자 있어도 밥 잘 챙겨 먹어야 해 사랑해
다정하게 꼭 안아 주고
서둘러 문을 나서던 그이를 잠시 생각하네

남들 잠잘 때 출근하는 그이가 안스러워지네
회사에서 하루하루 힘들게 버텨 내느라,
고생 많은 그이에게 파이팅!을 외쳐 보네

웃는 모습이 멋스런 그이가
날마다 웃는 날이 되기를 바라네

그대 고운 마음

2024년 7월 28일 오후 10:57

그대에게서 뚝뚝 떨어져 나온
꽃물 같은 한 마디 한 마디 아름다운 말들이
내 안에 몇 날 며칠 동안 채워져
찰랑찰랑 소리를 내요

한가한 날에 화선지처럼 얇은 흰구름 펼쳐놓고
내 마음 붓 삼아
그대 고운 마음 찍어 한 구절, 한 구절
꾹꾹 써 내려가는 사랑 노래
그대 고운 마음이 노래가 되어요

때로, 티끌로 내려앉은 티격태격 다투던 소리는
그때그때 흘려보내고
애정이 깃든 아름다운 이야기만 준비 했죠

그대 덕분에 내 마음은 붓이 되어
사랑 노래를 써 내려가요

꼬옥, 안아 주고 싶어

부드러운 목소리로 사랑해 속삭이고,
꼬옥 안아 주며 출근한 당신의 한마디 말을 꺼내,
따뜻한 마음과 행복을 넣어 반죽을 치대네

반쪽으로 나뉘었던 마음이 한 덩어리 되네
섞이지 않을 것 같은 불미스런 일들은 저만치 밀쳐 내야지

한 덩어리로 척척 달라붙는 소리가
흥얼흥얼 콧노래 되어 흘러나와

끈적끈적 한 덩어리로 달라붙는 일에
점점 좋아지는 기분 감출 수 없어,

내 마음에 착착 달라붙는
당신을 꼬옥 안아 주고 싶네

사랑한다는'말만 삼켜도 배부를 것 같은 오후

봄날의 동행

2024년 7월 26일 오후 4:08

개나리 꽃나무와 봄기운 상큼한 향기와
평화로운 휴식을 찾아 우리 여행을 떠나요

맨날 똑같은 일상에서 벗어나
힘에 겨운 한숨 소리 훌훌 날리고

봄 나무가 들려주는 시와 향기 만끽하며
평화로운 휴식을 즐겨요

그리고 집으로 돌아올 땐
당신과 나 두 손 꼭 잡고
봄 나무처럼 향기로운 이야기를 나눠요

싱그러운 저녁 시간을 함께해요

매혹의 속눈썹
2024년 12월 5일 오전 2:14

서쪽 밤하늘에 걸린
초승달을 바라보다가

저 초승달을 속눈썹에 붙이면
매혹적인 눈이 될 것 같은 생각이 들어
저거 내 거야
찜 했네

여보!
다음 생일 선물로
저 초승달 선물해 주세요

매혹적인 눈으로
당신 마음을 유혹하고 싶어요

저 초승달 속눈썹 붙이고
당신과 결혼식 다시 올리고 싶어요.

여보 !
초승달 선물
잊지 마세요!

2부

토끼풀 꽃 송song

토끼풀 꽃 송song

2024년 9월 9일 오후 9:31

우리 아파트 옆 빈터는
토끼풀 농장이야

토끼 새끼 닮은 흰 꽃송이들이
올망졸망 모여 자라지

서로서로 하얀 얼굴 부비며
사이좋게 놀고

때로는 새근새근 잠도 자면서
쑥쑥 자라지

눈이 하얘지도록 바라보다
집으로 돌아오는 날

헤어지기 섭섭했나 봐
하얀 새끼 토끼풀 꽃들

생일선물

내 푸른 꿈속까지 찾아와

신나게 뛰어다니지

생일선물

대왕 별 김밥

2024년 8월 28일

어둠 깔린 하늘은
커다란 김 한 장이야

짭조름 바닷바람으로 간을 맞춘
고슬고슬한 별밥에

흰 구름 마요네즈 쫘-악, 아, 아
연노랑 꽃잎 달과 알록달록 불빛 맛살

준비된 모든 재료 팍팍 넣고
속 꽉꽉 채워 돌돌 말아 내면

눈 맛 최고, 향도 최고!
배 든든한 대왕 별 김밥
한 줄이지

멀리서 오는 새벽을 위해
밤이 차려 놓은
한 끼 식사지

작은 세상에 비 내려

2024년 9월 12일 오후 3:58

눈물이 찔끔,
아기 눈에서 여우비처럼
눈물이 찔끔, 찔끔

엄마! 엄마
엄마 안 보여
눈물이 찔끔, 찔끔

구름 아기도 덩달아
눈물이 찔끔, 찔끔

해님! 해님
해님이 안 보여
눈물이 찔끔, 찔끔

작은 세상에 비가 내려
모두의 마음을 적시네

아가야! 조금만 기다려

엄마는 지금 달려오고 있어

방긋 웃으며
포근하게 안아 줄 거야

네가 웃으면
세상의 얼굴도 햇살 내려 환해진단다

어리둥절하네

2024년 9월 22일 오후 8:20

어항 속 춤 구경만으로 만족 못 했나,
곳곳에 놀이 시설도 많은데
금붕어가 어린이 체험놀이 감이라니
어리둥절하네

스트레스를 견디지 못했나
큰 놈, 작은 놈 금붕어가
군데군데 비늘이 벗겨지고
물에 둥둥 떠
숨만 겨우 띨싹딸싹 쉬고 있네
삶의 고비를 넘기고 있네

제발 좀!
나를 자유롭게 춤출 수 있도록
도와주세요
슬픈 눈동자로 나를 보고 애원하는 듯하네
주둥이를 뻐끔, 뻐끔 거리네

금붕어야!
너를 못 본 채 돌아서는 비겁한 나를
용서해다오
집으로 발길을 옮기는 나

이런 내 자신을 이해하기 힘들어
어리둥절하네

생일선물

웃는 간판 아저씨

2024년 8월 20일 오전 12:10

웃음으로 배가 빵빵한
우리 동네 풍선 간판 아저씨

웃다가 넘어진다
넘어져서도 껄껄껄 웃는다

일어났다 웃고 넘어지고
일으켜 세우면
또 웃고 넘어지고

웃음이 끊이지 않는
우리 동네 풍선 간판 아저씨

넘어져도 웃는 일로
참 힘들겠다

하지만 그 웃음이
나에겐 큰 힘이 된다

어둠을 지나, 빛을 향해

2024년 9월 8일 오후 7:39

어둠 속을 걸어갔어
어둠의 끝은 보이지 않아
조금만 더 걸어가면 끝이야
희망의 소리 듣고 싶었어

그때, 멀리서 희미하게 반짝이는 빛
기쁨으로 가슴이 두근거리며 떨렸어
눈이 부셨어

멈추지 말고 어서 달려와
나를 부르는 어머니의 손짓 같았어

한 걸음씩 앞으로 나아가고
드디어 어둔 길의 끝
한치 앞이 보이지 않던
그 절망의 순간들

두려움에 떨던 그 고통의 시간 지나고
빛으로 가득 찬 새로운 세상이 열려

어둠을 이겨 낸 나에게
따스한 위로를 주었어

움직여라, 금붕어야

2024년 9월 24일 오후 5:15

금붕어 잡기 놀이체험 장에서
상처 입고, 축 늘어져 있는
알록달록 금붕어 한 마리
죽었나, 툭 건드려 보네
지느러미 살랑살랑 움직이네

사람 사는 세상에서
한 생명이 철없는 세상을 이겨 내느라,
죽을 고비를 힘겹게 넘기고 있네

금붕어야, 힘내
너는 장난감이 아니야
살아 있는 생명이야
그쪽 세상 테두리를 툭 치고
밖으로 나오렴

새로운 곳에서 자유롭게 헤엄쳐
두려움 없이 나아가
너에 색깔로 세상을 물들여 봐!

새롭게 다시 꿈을 꿔봐
사람들은 너의 새로운 꿈에
환호할 거야

매일매일 살아 있다는 기적을 느끼며
생명이 소중한 것처럼
네가 주인공이 되어
활기차게 사는 것
그게 바로 삶의 기쁨이야

너는 이 세상에 단 하나밖에 없는
소중한 존재니까!
다시는 사람의 놀잇감으로 살지 마!

왕 소나무

우리 집 화단에 왕 소나무
바람 이야기 듣고 있네요

옳지, 옳지,
고개만 *끄덕끄덕*!
무슨 얘기 그렇게
재미있는지

고개만 *끄덕끄덕*
듣고 있네요

네모난 돌

내 모습이
우습지?

네모난 돌이
수세미 앞에서 부끄러워 하였습니다

아니,
너다운 네 얼굴이 보기 좋아

수세미가 네모난 돌을
어루만졌습니다

저 새는

새야!
알곡만 찾아 배를 채우는
새야!

헌데 어쩌니?

네가 싸는 똥에는
쭉정이가 많구나

달moon

항상 웃고만 있는
보름달 친구야

싫은 걸 보면
눈도 찡그리고

화가 나면
버럭! 얼굴도 붉히고

좋으면 하하하!
소리 내 웃어 봐

늘 같은 표정
질리지도 않니?

간장 종지

2024년 8월 15일 오후 4:44

종지야,
속이 좁은 간장 종지야!

다음에 태어날 땐
속이 넓은 접시로 태어나고 싶지 않니?

먹음직한 커다란 생선
너도 척 담을 수 있게

그만 눈을 꼭 감고 말았네

2024년 10월 24일

빙글빙글 돌아가는 회전 식탁 접시에
거북이처럼 생긴 어린 자라가
목을 길게 뺀 채
슬픈 눈동자로 우리를 바라보며

"제발! 나를 먹지 마!"
사정하는 것 같기도 하고
부들부들 떨고 있는 것 같기도 해

나는 더 이상 바라보지 못하고
그만 눈을 꼭 감고 말았네

너의 입에 꽃이 피었으면

2024년 7월 11일 오후 11:46

모기 한 마리 윙윙 날아와
나를 노리네

나는 물리지 않으려
이리저리 달아나네

네가 나를 노리는
목적이 상처 내기라면

그 꼼수를 제발 그만둬
피하는 일도 이젠 지쳐

부탁할게 너의 입에
꽃 피었으면 좋겠어

네가 나를 물었을 때
내 몸에 꽃향기 스며
달콤한 꿈 꿀 수 있었으면
좋겠어 진심이야

생일선물

네 입에서 꽃 필 때까지

기다려 줄게

기다려 줄게

나는 진화 중

2024년 8월 18일 오후 3:52

나는 매일 조금씩 변해 가
과거의 나를 뒤로 하고
새로운 나를 꿈꾸며 나아가

나는 진화 중, 멈추지 않아
희망의 날개를 펼치고 날아
과거의 상처도 나를 키워
더 강해진 나로 다시 태어나

가끔은 두려움이 나를 감싸
불확실한 미래가 나를 흔들어
하지만 내 안에 있는 용기를 믿어
이 모든 경험이 나를 만들어

나는 진화 중, 멈추지 않아
희망의 날개를 펼치고 날아,
내 안의 열정, 그 누구도 막지 못해,
꿈을 향한 나의 여정은 계속돼

생일선물

비 오는 날의 고백

2024년 7월 30일 오후 12:13

비 오는 날에 오빠가 나를 등에 업고
한 손으로 우산을 받치고
유치원에 데려다 주었지

오빠, 힘들지? 하고 물으면
아니야, 토끼처럼 깡충깡충 장난을 쳤지
오빠와 나는 깔깔깔 웃었지

집에서 오빠가 장난칠 때
오빠, 싫어! 내가 큰소리로 막 울어서
엄마한테 오빠를 혼나게 한 일이 미안해졌지

오빠, 미안해! 나 밉지? 말하니
오빠가 아니야, 괜찮아
하며, 내가 등에서 떨어지지 않도록
한 손으로 꼭 받쳐 주었지

생일선물

나는 그런 오빠가 너무 좋아서
오빠 등짝에 얼굴을 바짝 묻고 말했지
오빠, 사랑해

벼랑 끝에서 돌아와 보니

2024년 8월 13일 오후 9:30

산책을 하다가 문득 마주친
보도블록 사이에 자리 잡은
어린 잡초를 차마 밟고 지나갈 수가 없었지

그때가 언제였던가, 아마, 오랜 투병
생활을 마치고
삶의 벼랑 끝에서 살아 돌아온 때였지

풀 한 포기의 생명도 내 목숨처럼
다 소중한 것임을
마음이 먼저 알고 나를 멈춰 세웠지

너나, 나나, 이 세상을 푸르게 지키는
소중한 존재인 것을

주변을 둘러보니
밟히면서도 살아남으려고 악착같이 견디고 있는
이름 모를 잡초들 널려 있지
그 생명을 차마 밟고 지나갈 수가 없지, 지금도

생일선물

시장에서의 추억

2024년 7월 15일 오전 10:52

천 원어치 콩나물에도
수북하게 덤 올려 주시는
김 씨 할머니
양념에 쓰라며 실파까지 챙겨 주시네

수북하게 쌓인 시래기 주워 담으려
봉투를 얻으려다, 거절당한 채 돌아설 때

여기 가져가요
선뜻 봉투 한 장 내 손에 쥐어 주던 아주머니
고맙다는 맘조차도 받을 일 아니라며
손사래 치시던 그 모습

아, 시장에서의 추억은
마음을 푸근하게 만들어 주는
소중한 선물들이었네

시장에 가면 마음 푸근한 이유가 있었네
사람들의 따뜻한 마음이 가득 담겨 있는 곳에서

김 씨 할머니와 아주머니의 미소를 기억하며
나도 누군가에게 따뜻한 마음을 전할 수 있기를

대걸레의 꿈

세상 바닥을 닦던 대걸레가
잠시 햇볕을 쬐며
굵은 눈물을 흘리네

세상 밑바닥을 닦는 일에
성실을 다 바쳤네
이제는 온몸에 금이 가네

나 꿈을 꾸네
다시 태어나면
나비 되어 높이 오를 거야
꿈꾸던 그 순간
날아올라 저 하늘

대걸레 이제 힘들어
마디마디 삐걱거려
고된 날들 지나가리

생일선물

바닥을 닦던 시절
다 지나가리
눈물 말리네
다 잊으리

나 꿈을 꾸네
다시 태어나면
나비 되어 높이 오를 거야
꿈꾸던 그 순간
날아올라 저 하늘

당신은 어느 별에서 왔나요?

친구를 못생겼다고 놀리는 당신은
어느 별에서 왔나요?

당신이 떠나온 별 나라에서는
아직도 예쁘다, 밉다는 차별하는 말을 쓰나요?
이곳은 개성 있다고 말하는 지구라는 별이예요

친구는 꿈을 가꾸며
자신의 삶을 당당하게 살아가고 있어요
장난삼아 못생겼다는 말로
친구의 열정과 꿈을 꺾지 마세요

지구별에서 살아가려면
배려하는 마음부터 익히세요, 부탁해요

헤매는 사랑
2024년 12월 12일 오후 8:18

마음이 또 당신 앞에서
길을 헤매

여러 번 겪었음에도 불구하고
당신 마음 헤아리기 쉽지 않아

늘 막막한 길,
나는 늘 헤매지

방향을 잘 알았다 하다가도
엉뚱한 길로 들어가네

오늘도 하루 종일 헤매다
자책감마저 들었지

세상은 나를 비웃고
길치 중에서도 길치라고

그렇게 길치여서
어떻게 다 알겠느냐고

그래도 나를 사랑해 줄래?
길을 잃더라도 함께 가고 싶어

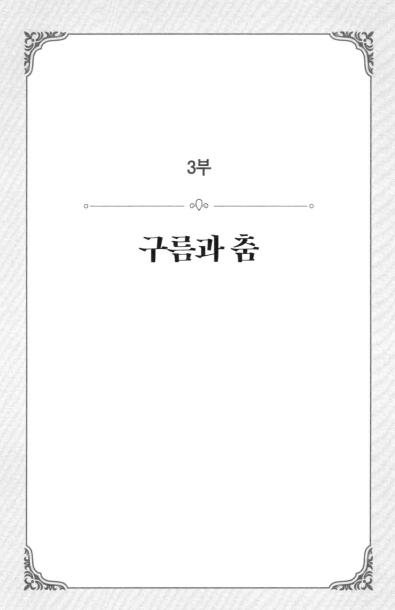

3부

구름과 춤

쿨cool하게

2024년 7월 10일 오후 4:38

쿨cool 하게 비 내리면 비 맞고
쿨cool 하게 바람 불면 흔들려도 돼

비에 젖으면 마를 때까지
넘어지면 훌훌 털고 일어설 때까지

쿨cool 하게 윙윙 주룩주룩
자연의 노래 소리에 귀 기울이며
기다리는 거야, 쿨 하게, 쿨 하게

강해지지 않아도 멋져
천천히 가도 괜찮아
세상은 계속 돌아가니까
나의 리듬으로 살아 볼래

쿨cool 하게 윙윙, 주룩주룩
자연의 노래 소리에 귀 기울이며
기다리는 거야, 쿨 하게, 쿨 하게

생일선물

고개 숙이지 말고 하늘을 봐
구름 뒤엔 항상 빛이 있어
비가 그치면 무지개가
내 곁에 항상 있잖아

쿨cool 하게 윙윙, 주룩주룩
자연의 노래 소리에 귀 기울이며
기다리는 거야, 쿨 하게, 쿨 하게

두만강 가에서

꿈을 꾸네
여름 두만강 가,
강물은 유유히 흐르네

어린 친구들 모여
물장구 치고, 덩실, 덩실 춤도 추네
나도 그들과 같은 또래
함께 어우러져 놀지

서로 웃음이 넘쳐나
금세 친구 되어

우린 단군 할아버지 한 자손들이라,
남과 북의 경계는 없네

서로 통하는 한 민족
싸우지 않고 사이좋게
함께하는 이 순간이 소중해

유리창 빗방울

2024년 10월 24일 오후 6:08

밤새 비가
우리 집 유리창에

송알송알 슬어 놓은
마알간 알

따뜻한 햇살 받고
깨어났나?

하나 둘
자취도 없이 날아가 버린

송알송알
작은 알들

3부 구름과 춤   *083*

아빠 마중 길

마차에 가마니 싣고
장에 가신 아버지
안 오셔

엄마는 호야 등에
내린 불길한 생각
닦아 냈지, 제발
무사히 기도했지

어둠 저 편에서
딸랑 딸랑 방울 소리
이랴, 이랴 소리
아빠 목소리 들렸지

엄마와 나는 마음이
놓였지, 집으로
돌아오는 길
빈 마차 타고 오는데

아빠의 나그네 설움

노래를 들으며

집으로 돌아온

아주 먼 옛날

어릴 적 어머니와 함께 아버지 밤 마중 다니던 오산촌 고향 마을

어머니의 말씀

2024년 8월 17일 오후 7:54

친구하고 다투고 혼자 앉아 있을 때
어머니가 가만히 들려주신
위로의 말씀

지난 일에 오래 붙들려 있지 마라
뒤를 자꾸 돌아보며 힘들어하지 말고
강물처럼 앞으로 즐겁게 흘러가는 거야

어머니의 말씀이 다독다독, 다독다독
내 마음을 다독다독, 다독여 주네

생일선물

호계 사거리 길목

이제 와 생각해 보니
내가 드리는 사랑은
늘 빈손뿐이었네
늘 빈손뿐이었네

살림살이 왜 이러냐!
아버지는 안타까워하셨지

신혼에 보금자리
호계 사거리

멀리 오셨다가
이것저것 사 주시고
서둘러 버스에 타실 적에
용돈도 쥐어드리지 못한 채
빈손만 만지작거렸네

아버지 낡은 와이셔츠 보며
몰래 흘린 눈물
생전에 오고 가신 호계 사거리 길목
붉은 눈물 꽃 지금도 피고 지네

그날의 흔적

2024년 9월 2일 오후 4:11

그게 어느 저녁때였지
노모는 장롱 안에서 오래된 옷들을
꺼내, 마당으로 가지고 나오셨지

활활 타는 장작불 속으로
옷들을 하나하나 넣으며 말씀하셨지

이 옷은 니 아버지가 외출할 때
곱게 입고 나가라며 사 준 옷들이고,
또, 이 옷들은 니들이 사 준 옷들이다

죽으면 입을 수 없는 옷들이라며
엉엉 소리 내 우셨지

장농 속에서 꺼낸 옷들처럼
이승의 오래된 기억들도 꺼내
불 속으로 넣으셨네

딸만 낳는다며 구박도 많이 받았어

그런 저런 생각들도 다 떨쳐 버릴란다
하시며 한동안 허공을 바라보셨네

그리고 마지막으로 당부 말씀도 하셨네
내 통장에 돈 조금 있으니
나 죽으면 문상 온 동네 사람들에게
섭섭하지 않도록 밥상 잘 차려 줘라 하셨네

그날의 그을음,
마당에 짙게 남아 있네

바라만 보았던 아버지의 손

2024년 7월 16일 오후 1:43

논에서 풀을 뽑아 쩍쩍 갈라졌던 아버지의 손
밤마다 안티프라민 냄새 지독하게 견뎌내셨네

내가 열을 앓을 때 이마를 짚어 주고
한 장 한 장 내 등록금을 세던 그 손

깊이 한숨을 내쉬며 잠드실 때도
한 번도 꼭 잡아 보지 못한 채 바라만 보았네
이승을 떠나실 때도 먼 데서 바라만 보았네

생일선물

사모곡

2024년 7월 12일 오후 3:17

내가 행복할 때는 운명에 감사합니다

하지만 그이와 다툰 날에는
엄마, 저 힘들어요 하고 말씀드리면

남편 마음 하나 못 맞추느냐며
한숨을 쉬셨지

그러시던 우리 엄마,
중풍으로 앓아누워 계실 때

니가 보고 싶어, 전화해서 엉엉 우시는데
나 갈 수 없어 죄송해요, 말씀드리면

그래 남편 뜻 잘 맞춰라
그런 사람 없다, 하시던 어머니

아버지의 사랑

하늘에 잔물결 구름이 흰 생선처럼
가지런히 펼쳐져 있네
생선 비린내가 뭉게뭉게 풍겨 오는 듯하네
문득 아버지가 생각나네

어느 해였던가, 홀로 계시던
친정아버지를 뵙고, 다음날 아침,
집으로 돌아오려 방문을 열고
밖으로 나오다 보았네

아버지께서 햇살이 엷게 깔린
마루에 앉아 신문 위에 박대를 펼쳐놓고
큰 놈, 작은 놈을 따로따로 고르고 계셨네
나는 따스한 아버지 곁으로 다가가 앉았지

아버지는 내가 묻기도 전에 말씀하셨네
니가 온다고 혀서 시장에서 싱싱한 박대를 사 왔어
파리 때문에 망에 넣어 깨끗하게 꼬들, 꼬들 말렸으니,
집에 가서 이 서방이랑, 애들 맛있게 구워 줘라, 하셨네

작은 것은 내가 먹을 테니,
크고 좋은 것만 가지고 가라, 말씀하셨네
아녜요 아버지, 제가 작은 것들 가지고 갈게요
아버지가 크고 좋은 것 드셔요 말씀드리니

그건 아녀, 내가 시키는 대로 혀
하시던 그때의 아버지 목소리 잊지 못해
눈물이 핑 도네
아버지의 사랑, 내 마음 속에 살아 있네

우리 집 아기

요, 작은 아기가
엄마 아빠를 웃게 하고

요, 작은 아기가
온 집안을 밝게 하지요

정말, 요, 작은 아기가
생글생글 빛나는 눈빛으로

도란도란 이야기 소리
빙 둘러앉게 하지요

아빠가 보고 싶어도 잘 참아

2024년 7월 24일 오후 3:05

나는 아빠 얼굴을 몰라
점점 자라면서 아빠가 보고 싶어
엄마한테 물었어
엄마는 아빠가 미국으로 돈을 벌러 갔다 했어

나는 아빠가 보고 싶어 눈물이 날 것 같지만
안 울어 엄마가 속상해할까 봐
그래서 커서 아빠를 만나러 가려고
영어를 열심히 배우고 있어

나는 지금 상상해
이다음에 아빠를 만나면
다른 친구들처럼 손잡고 공원에도 가고, 놀이터도 갈 거야
외식도 하고 행복한 시간을 보낼 거야
그래서 아빠를 보고 싶어도 꿈을 꾹 참아
나는 일곱 살 언니니까

생일선물

행복이 꽃피는 시간

2024년 7월 22일 오후 9:22

어미 곁은 언제라도 좋아
어미가 좁은 집에서 마당으로 나오네

각자 흩어져 있던 새끼들이
어미 곁으로 모여들어 장난치며 놀고
어미는 그 모습을 바라보며 흐뭇한 표정 짓네

어떤 구름도 바람 한 점도 없는 순간이야
단란한 시간을 보내며 행복을 꽃피우고 있는 식구들
행복이 꽃피는 시간

이 순간을 함께 나누는 가족

생일선물

포근한 아침 햇살

2024년 8월 25일 오후 5:07

오늘도 행복한 아침이야
문밖에서 기다리던 아침 햇살이
아이를 향해 환하게 웃어 주네

아장, 아장 유아원 가는
아이의 조그만 발 시릴까 봐
포근한 아침 햇살이
호호호
따뜻하게 감싸고 따라 가네

나뭇가지에서 재잘거리는
참새들한테도
안녕! 손 흔들어 주며 즐겁게 걷네

생일선물

이야기꾼 가족

2024년 8월 27일 오후 8:32

맑은 날, 장독대 된장 항아리 가족
두꺼운 뚜껑들이 열렸다

크고 작은 항아리에서
짜고 구수한 이야기가 솔솔 나온다
우리 할머니 사투리처럼 구수한 이야기가
시끌시끌 담을 넘는다

시간 가는 줄 모른 채
끝도 없이 이어지는 구수한 익살은
이웃 왕 파리, 아기 파리들을
솔솔 불러 모으지만

맑은 날엔 꼭 이야기를
풀어내야 한다는 장독대 가족들,
맑은 하늘 아래 하루가 짧다

생일선물

가지 마라

2024년 7월 12일 오후 2:35

시골에 홀로 계시던 친정아버지,
잠시 뵈러 갔다 서울 집으로 돌아오던 날,
아버지, 대야역까지 배웅 나오셨지

우리 부부와 손주가 기차에 오르자,
등 뒤에서 손을 흔들며 눈물을 닦으셨네

기차가 멀어질 때까지 달리는 기차 꽁무늬를 붙잡고,
가지마라, 하루만 더 있다 가라 매달리던
아버지의 그때 그 눈빛

한밤중 가슴 흔들어 대는
기억 속 아픈 풍경 한 자락

덩실덩실

2024년 10월 24일 오후 8:27

바람 타고 아기 물결이
덩실덩실
뒤따라오던 엄마 물결이
덩실덩실

멱 감던 버드나무도
덩실덩실

바람 좋은 날 시내는
덩실덩실 춤 동네 되네

가까이 오지 마!

2024년 10월 24일 오후 5:51

대나무 밭에서
죽순을 보고 있으면

곳곳에 죽순들이
손대지 마

다가오면
뾰족뾰족

내 뿔로
받아 버릴 거야
나를 노려보네

손대지도
가까이 오지도 마

다가오면
뾰족뾰족
내 뿔로

생일선물

받아 버릴 거야

여기저기서
무섭게 나를 노려보네

새로운 내일

2024년 7월 18일 오후 6:21

골목 한쪽에 자리 잡고 생선 파는 아저씨
마지막 남은 생선을 다 팔고 휴 큰 숨을 쉬네

콧노래 흥얼흥얼 피어오르네
자동차 속도를 내며 골목을 빠져 나가네

아저씨의 하루가 저물어 가고
비릿한 생선 냄새가 남아 있는 골목에서
새로운 내일을 위한 안식을 찾네

하늘은 붉게 물들고 그 사이 사라진 햇살
조용한 밤이 다가오고 골목은 고요해져

아저씨의 하루가 저물어 가고
비릿한 생선 냄새가 남아 있는 골목에서
새로운 내일을 위한 안식을 찾네

피곤한 몸을 쉬며 내일을 꿈꾸네
골목에 남은 흔적을 뒤로 하고

어머니의 찌개

2024년 11월 7일 오후 9:15

오늘 밤 어머니는
데우고 끓일 것이 많으신가 봐

가스레인지 냄비에서
보글보글 끓는 소리 바쁘네
김이 모락모락 피어오르네

모락모락,
보글보글
속을 일깨우는 속성으로

뿔뿔이 흩어졌던 식구들
빙 둘러 앉혀 놓고

오손도손 이야기 소리,
도란도란 웃음소리,
꽤 오랜 시간 동안 둘러 앉혔네

가을의 노래

잎새 알록달록 물든
나무 아래 앉아 있으니
가을 하늘처럼
맑고 한가로워지는 마음

까 악, 까 악
목청 높여 부르는
까치의 독무대
가을의 노래 듣고 있네

바람에 실려 오는 추억의 속삭임
그대와 나의 이야기
내 눈빛 속에
가을의 노래 흐르고 있네

온 세상이 곱게 물들고
세상처럼 내 기억도
알록달록 물드네
가을의 노래, 우리의 이야기

아들아 보고 싶어

가뭄의 논바닥처럼
이 엄마의 가슴 바닥이
쩍쩍 갈라지네
엄마하고 활짝 웃으며
네가 문을 열고 들어서는
모습만 상상해

네 얼굴 한번 보면
해결될 일인데
먹고 사는 일에 쫓겨
시간 내기 어렵나 보구나

그래도 곧 네 얼굴 한번 보자
어제는 꿈속에서
네가 활짝 웃는 모습이
보이더구나
꿈속이라지만
그리움이 잠시 해소되더구나

내 안에서 자라던 시간들이
푸르게 생기를 찾더구나
아들아, 사랑한다

결혼해라

2024년 11월 12일 오후 4:28

요즘 젊은이들은
참 이해 못 하겠네

텔레비전에서 봉께,
요즘 젊은 사람들
결혼을 안 하고
혼자 산다는 사람들이 많다더만

참 괴상한 세상,
다 보네

새끼가 있어야
늙어서도 든든하니 좋은디
자식이 최고인 겨

늙어서 울타리가 되어 주는 건
자식밖에 없어
살아 보니 그렇당께

요즘 젊은 애들이 아직
살아 보지 않아서 아무것도 모르는 겨

나 봐라,
딸, 아들, 손주, 손녀
오십 명도 넘는다잉

재미지고 얼마나 든든한지
모르겠당께

결혼해서 자식을 낳고
살아야 재미지지

요즘 젊은 사람들은
돈만 알고,
편한 것만 생각하지

보릿고개 시절에도
자식 다 낳고
키우고 살았는디
우쨔, 그런다냐

지금 세상은
참 요상한 세상이여

아흔의 할머니
요즘, 걱정이 태산이시네

생일선물

신의 한 수

2024년 11월 18일 오후 8:17

눈은 소 눈처럼 크고
코는 정상을 향해 거침없이 뻗어 있는
산 능선 같고
입은 초승달처럼 잔잔히 미소 지어
그와 함께할 때
내 마음은 설레고
나를 바라보는 그의 따뜻한 눈빛은
내 하루를 따뜻하게 해

그의 완벽함에
가끔은 두려움이
내가 부족할까,
늘 불안하네
서로의 마음을 알아 가며
우린 함께 성장해
그의 예민함도
시간이 흐를수록
사랑의 깊이로 바뀌네

생일선물

그의 미소는 어두운 밤의 달빛
내 마음의 어둠을 지우네
하늘이시여!
우리의 사랑이
영원히 이어지길
함께 도를 닦으며
살게 하소서

구름과 춤

2024년 11월 30일 오전 11:02

천상에 머물던 구름이
지상으로 내려와
도포자락 펄럭거리며
우리 동네 노태산을 거니네

느릅나무, 소나무, 굴참나무 사이를
자유롭게 오가네
그토록 보고 싶은
아버지, 어머니 닮은 구름도 보이네

온갖 새들의 흥겨운
노래 소리에 맞춰
덩실덩실 춤추네
고고한 자태, 참 멋스러워
나도 아리랑, 아리랑,
덩실덩실 춤추네

구름과 내가 하나 되어
이 순간, 모든 근심과 걱정 사라지는 기분

생일선물

아, 자유로움이여
구름의 춤에 나도 춤추네
덩실덩실
하늘과 땅이 하나 되는 이 순간
영원히 간직하리

사과 없이는 안돼요

2024년 12월 3일 오전 1:29

이것저것 요구하는
당신은 내 마음에
무임승차 하는 거예요

어제 버럭 화내며
거친 말과 행동으로
내 마음에 상처 내
화가 풀리지도 않았는데
미안하다는 사과도 없이
웃으며 다가와 이것저것 요구해

당신은 얄미운 사람

미안해요
꼭꼭 닫힌 내 마음
억지로 열고
무임승차 하지 마세요

사과하지 않는 당신은
내 마음에 승차할 자격 없어요

사과 먼저 하세요
승차는 선불인 걸
모르시나요?

기대하시라, 지상의 해 출시를
2024년 12월 17일 오후 11:25

지구의 맛은 이제 다 식상해
까다로운 입맛들은 초현실적인 맛을 원해
지상의 과일로는 더는 만족 못해
그래서 나는 곰곰이 생각하다가
하늘의 해를 심어보기로 했지

우리 농장에서 키워보기로 했지.
신비스러운 신선의 맛
지구의 해
많은 사랑 받을 거야

사랑하는 마음 정성껏 쏟아
가꿀 거야
가지가 찢어지도록 열매가 주렁주렁
지구인들이 모두 맛볼 수 있도록
큰 수확을 올릴 거야

지구인이여 , 기대하시라.
하늘의 신선의 맛,
해 출시를

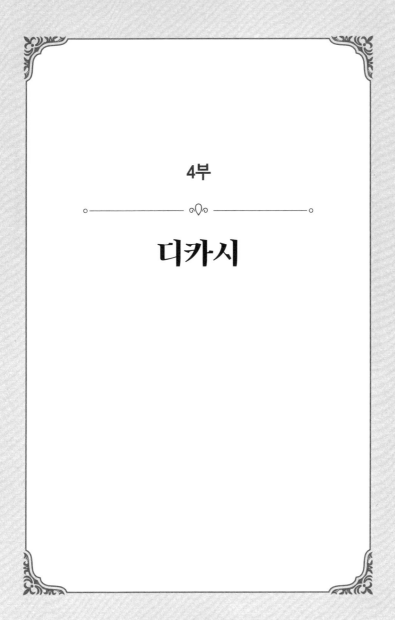

4부

디카시

대화

- 여보 이제 정년퇴직이오
그동안 내 뒷바라지 하느라
고생 많았소!
- 무슨 말씀을요
부끄러워 고개를 들 수가 없네요

기다림

병상에 누우신 시어머니께서
항상 앉아 바라보시던 큰길로
바람이 휑하니 불고
평상만 말없이 늙어 갑니다

멋 부리고 나니

비 갠 후
모처럼 진주 목걸이로
한껏 멋을 냈지만
갈 곳이 없어
우중충한 기분이네

신부의 꿈

당신과 내가
어사 출두하는 것처럼
한마음으로
봄을 제일 먼저 알리는
영춘화로 살 거야

접시꽃

사랑하는 당신을 보고 있노라면
태풍처럼 성난 감정이
미풍처럼 사라진다
당신과 함께하는 이 순간이 참 좋다

몽환의 숲

내 지역의 아파트 시세만큼은
상한선을 튼튼히 지켜 낼 거야
산더미 같은 융자,
하늘 모르고 치솟는
이자에도 끄떡없지

요즘 아파트 한 채가 20억 50억 하는
지역도 있는 시대인데

그 아파트 한 채와
바꾸지 않을

곁에 있는
사랑하는 사람이

더 값진 세상이 되기를
소망해 본다.

여러분의 의견은 어떠십니까?

- 저자 양윤덕 -

내 가슴 한 구석에 웅크리고 있는
어둠 한 줌과 빛도 다 이곳에서 시작되었네~

- 어린 시절을 보낸 고향에서 -

글을 마치며

생일선물

ⓒ 양윤덕, 2025

초판 1쇄 발행 2025년 1월 1일

지은이   양윤덕
펴낸이   이기봉
편집   좋은땅 편집팀
펴낸곳   도서출판 좋은땅
주소   서울특별시 마포구 양화로12길 26 지월드빌딩 (서교동 395-7)
전화   02)374-8616~7
팩스   02)374-8614
이메일   gworldbook@naver.com
홈페이지   www.g-world.co.kr

ISBN   979-11-388-3874-0 (03810)